Poèmes Mobiles

MONOLOGUES

DE

MAC-NAB

AVEC ILLUSTRATIONS DE L'AUTEUR

et une Préface de

COQUELIN CADET

> Si vous me dictes : Maistre, il sembleroyt que ne feussiez grandement saige de nous escripre ces baliverneset plaisantes mocquettes,
> Je vous respondz que vous ne l'estes gueres plus de vous amuser à les lire.
>
> RABELAIS.

PARIS

LÉON VANIER, ÉDITEUR DES *MODERNES*

19, QUAI SAINT-MICHEL, 19

1886

Exemplaire de la Presse : N° 10.

Paris. — Typ. Paul Schmidt, 5, rue Perronet.

POÈMES MOBILES

DE CE VOLUME

il a été fait

UN TIRAGE A PART

de 13 exemplaires numérotés, sur papier

NACRÉ DU JAPON

dont un pour notre préfacier,

un pour l'auteur et un pour l'éditeur;

les autres exemplaires seront

à la disposition

des quelques personnes

riches pouvant

les payer 12 francs.

Poèmes Mobiles

MONOLOGUES

DE

MAC-NAB

AVEC ILLUSTRATIONS DE L'AUTEUR

et une Préface de

COQUELIN CADET

> Si vous me dictes : Maistre, il sembleroyt que ne feussiez grandement saige de nous escripre ces balivernes et plaisantes mocquettes,
> Je vous respondz que vous ne lestes gueres plus de vous amuser à les lire.
>
> RABELAIS.

PARIS

LÉON VANIER, ÉDITEUR DES MODERNES

19, QUAI SAINT-MICHEL, 19

1886

A vous

Très chière et très plaisante araignée
qui souventes fois vintes vous esbattre en les régions perturbées
de ma folle teste,
Je fais hommaige de ces escripts mal en ordre
et quelque peu despourveus
de mélancholie.

PRÉFACE

— Toc, toc, toc!

— Entrez donc, mon cher Mac-Nab, vous n'êtes pas de trop.

Vous voulez que je vous présente au public?

Vous me faites beaucoup d'honneur, vraiment, de croire qu'amené par moi devant la galerie, cela pourra faciliter vos affaires.

Je suis un introducteur plein de bonne volonté, et surtout plein du désir de voir réussir mes amis. Mais ce n'est pas suffisant.

Le public ressemble à l'éléphant : il est sur la défensive.

Tant de faiseurs de vers, tant d'écrivains tristes, ou plutôt de tristes écrivains, le viennent attaquer de front, seuls ou sournoisement accompagnés du sourire d'un préfacier!

Il se méfie, ce brave éléphant... non, ce bon public, et il a souvent raison!

Il se dit : « Que va-t-il me donner, ce nouvel auteur? Des larmes, des malédictions, des blasphèmes?

« La vie n'est déjà pas si gaie pour que j'écoute les hurlements d'un monsieur, et que j'assiste au spectacle de ses poings tendus contre la destinée, contre les dieux, contre tout ce qui ne peut pas répondre. J'aime mieux autre chose!

Celui-ci, qu'a-t-il dans son sac?

« Des sentiments vrais, des choses simples sortant toutes tièdes d'un cœur honnête?

« Je vais m'attendrir benoîtement? Non, aujourd'hui, je voudrais du violent!

« Celui-là, que m'apporte-t-il? Du picrate? Des histoires d'amour poivrées? Des tableaux très vivants? Je voudrais des choses qui m'ébranlassent moins les nerfs.

« Alors, quoi? »

Le public est un maître difficile, mon cher Mac-Nab, il s'agit d'arriver à l'heure précise ou il manifeste un désir, et de réaliser ce désir.

Le public demande-t-il avec ardeur de voir éditées les œuvres de Maurice Mac-Nab? A-t-il une envie extraordinaire de se jeter sur la prose et les vers de cet écrivain drôlatique, de ce poète biscornu qui fait de gigantesques pieds de nez à la raison, aux choses graves et respectées dans le monde; de ce trouvère facétieux qui semble chercher le manche à balai de la Fantaisie pour s'envoler au pays des lunes grimaçantes et des soleils de carnaval ?

Le public a-t-il senti au fond de lui-même, sans le dire à personne, que l'heure de la naissance d'un poète funambulesque avait sonné, et que le petit Mac-Nab allait sortir de l'inconnu, tenant à la main son livre de monologues et bégayant avec respect : « Saint Banville, priez pour moi ? »

Je l'ignore. Je ne peux que le souhaiter !

Si le public n'a aucun pressentiment de l'heure joyeuse de votre arrivée, alors c'est à moi de lui crier : « Voilà Mac-Nab ! Attention ! »

Si la foule tant affairée, et par conséquent quinteuse et peu malléable, a par hasard envie de ce que vous lui apportez, quelle veine vous avez, Mac-Nab, vous tapez dans le mille !...

Et moi barnum, moi cornac, je deviens inutile !

Car les préfaciers ressemblent aux guides qui, en voyage, récitent *les monuments : on ne les écoute pas !*

On admire ou on n'admire pas les monuments, pendant que les guides font ouah ! ouah ! ouah ! —

C'est la même chose pour les livres.

On n'écoute pas à la porte les préfaciers qui font ouah ! ouah ! ouah !...

On entre dans le livre en disant du faiseur de boniment qui se tient tout près de la couverture : « En voilà un qui veut me dorer la pilule; mais si elle est trop grosse ou de mauvais goût, il ne me la fera pas avaler! »

Alors, je ne sais pas pourquoi j'écris tout cela, pourquoi je me fais orgueilleusement l'introducteur d'un inconnu qui saura bien se faire connaître tout seul!

C'est prétentieux d'écrire des préfaces!

On résiste, puis on accepte d'en faire une, après mille supplications... (Vous voyez que je deviens plus orgueilleux que jamais!)

Et puis, le cœur parle, il s'agit d'un ami. On se dit : nous allons nous mettre à deux pour forcer les passants à s'arrêter. On prend un porte-voix et l'on demande au public non seulement d'être bienveillant pour le poëte qu'on accompagne, mais d'être bienveillant pour celui qui demande la bienveillance.

Voulez-vous savoir ce que c'est qu'une préface?

C'est un tas de salamaleks faits à des gens qui n'en demandent pas pour des auteurs qui n'en ont pas besoin!

Décidément je ne ferai plus jamais de préface!

Sérieusement, je ne voulais pas écrire celle-ci; mais c'est la faute de cet animal de Mac-Nab, avec son physique d'Écossais en bois, son grand nez, sa barbe en pointe et ses yeux clairs aux regards pleins de joyeuses lueurs quand il récite ses vers.

Vous lui auriez entendu dire ses Poêles Mobiles, *vous auriez été enflammés.*

Sa voix en bois (çà va bien, une voix en bois pour l'hiver, surtout quand il s'agit de poêles) vous aurait fait rire, et vous auriez été désarmés... désarmés de la résolution de ne pas écrire de préface.

Les Poêles Mobiles *(que l'ingénieur Choubersky devrait faire imprimer en lettres d'or sur tous ses produits) suffiraient au succès du livre. C'est une trouvaille d'un comique nouveau.*

Ces poêles seront avant peu dans toutes les mémoires (tout en restant sur ceux de la maison Choubersky).

Mac-Nab est un flegmatique.

Il dit les choses avec un sang-froid imperturbable. Il a la plaisanterie grandiose et prudhommesque. Comme tous les rieurs à la glace, sa froideur polaire se fond parfois dans une note attendrie. Une larme coule volontiers sur sa joue d'Écossais en bois. On voit de temps en temps poindre un coin d'idylle dans ses vers embroussaillés.

Au cours de son livre, Mac-Nab se montre bon : la bonté va bien avec le rire. Seuls les hommes bons sont joyeux; les méchants ne rient pas : c'est leur punition.

Les hommes gais ont la chance en ce moment. Voyez Armand Silvestre, quel succès ont ses livres si pantagruéliques, si français, si débordants de rire.

Je disais, en commençant, qu'il était difficile de savoir ce que le public désirait.

Le public aspire à la joie. Tout à la joie! Il aime tout ce qui le détourne des sombres préoccupations de la politique, des criailleries parlementaires, des livres beaucoup trop pleins de naturalisme, car les romanciers d'à présent ont l'air de faire de leurs romans des rallonges à la vie!

Dans le bitter-curaçao de l'existence, il y a bien peu de curaçao.

Femmes légitimes, belles-mères, concierges, cochers, parents sur les bras, maîtresses jalouses, pianistes, médecins, fabricants de révolvers, voilà le bitter.

Le rire, c'est le curaçao; Mac-Nab vous en apporte une bouteille pleine. Débouchez, dégustez et... riez!

COQUELIN CADET.

I

POÈMES MOBILES

Les
POELES
MOBILES.
Mar-Nab.

LES POÊLES MOBILES

A Coquelin cadet.

Le poêle, c'est l'ami qui, dans la froide chambre,
Triomphant des frimas nous fait croire aux beaux jours.
Son ardente chaleur nous ranime en décembre
Et sous le ciel glacé réchauffe nos amours!

Le poêle mobile se distingue de tous les autres en ce que, muni de roues, il peut se déplacer comme un meuble.

On le roule successivement au salon, à la salle à manger, dans la chambre à coucher.

La prudence exigeant que l'on ne conserve pas de feu dans la chambre où l'on couche, on le ramène au salon pour la nuit.

Le prix du modèle unique est de 100 francs.

Au printemps, lorsque la pervenche
Fleurit bleu, sous les arbres verts,
Et que la jeune rose penche
Ses boutons à peine entr'ouverts,

O poêle, tu n'es plus le charme de nos veilles :
Il te chasse bien loin, le souffle printanier,
Et la morte saison te relègue au grenier,
Où seul, et triste, tu sommeilles !...

Le poêle mobile se distingue de tous les autres en ce que, muni de roues, on peut le déplacer comme un meuble.

On le roule successivement au salon, à la salle à manger, dans la chambre à coucher.

La prudence exigeant que l'on ne conserve pas de feu dans la chambre où l'on couche, on le ramène au salon pour la nuit.

Le prix du modèle unique est de 100 francs.

Mais, maintenant, plus de verdure,
Plus de soleil, et plus de fleurs !
Voici que revient la froidure,
La froidure aux pâles couleurs.

Chauffez-vous, frêles Parisiennes,
Puisque le gazon n'est plus vert,
Tandis qu'à travers vos persiennes
Siffle le triste vent d'hiver !

Du feu, pour que vos lèvres roses
Trouvent des baisers plus ardents !
Du feu, pour qu'en vos chambres closes
L'amour demeure plus longtemps.

Le poêle mobile se distingue de tous les autres en ce que, muni de roues, on peut le déplacer comme un meuble.

On le roule successivement au salon, à la salle à manger, dans la chambre à coucher.

La prudence exigeant que l'on ne conserve pas de feu dans la chambre où l'on couche, on le ramène au salon pour la nuit.

Le prix du modèle unique est de 100 francs.

PLUS
DE
CORS

PLUS DE CORS !

A Charles de Sivry.

O désespoir, ô désespoir !
Zoé (c'est ma femme), étendue
Sur un sofa, jambe tendue,
Tristement gémissait un soir !

N'était-ce pas une migraine
Ou quelque névrose inhumaine ?
Hélas ! c'était bien pis encor,
Pis que la mort, je vous assure :

La pauvre enfant souffrait d'un cor,
Ayant mis étroite chaussure.

Ce n'était pas un cor banal,
De ces cors qui ne font la guerre
Qu'aux extrémités du vulgaire :
C'était un cor phé-no-mé-nal !

Or, chacun sait où les victimes
D'un cor intempestif et dur
Trouvent un remède très sûr
Pour quatre-vingt-quinze centimes.

Comme un fou, je prends mon chapeau,
Mon lorgnon, ma canne et ma bourse,
Et je m'en vais, au pas de course,
Chez le célèbre Galopeau.

« Monsieur, me dit ce pédicure
(Lequel habite un entresol
Au boulevard Sébastopol),
Avant de tenter cette cure,

Je crois qu'il est superflu d'ex-
(La formule est dans le Codex)
Pliquer avec quoi je compose
Mon onguent odorant et rose.

Grâce à son efficacité,
Il est dans l'univers cité! »

Après avoir dit cette phrase,
Très simplement et sans emphase,
Il me remit un petit pot
Plein de pommade Galopeau.

Or, la malade avec adresse
Oignit de l'onguent sans pareil
L'extrémité de son orteil.

Voilà soudain qu'elle se dresse,
Elle marche, court, galope... oh!...
Cette pommade Galopeau!...

. . . .

Voilà bientôt une semaine
(O merveilleuse guérison!)
Que mon épouse se promène
Sans revenir à la maison.

Moi qui sais que la terre est ronde,
J'attends en paix la vagabonde,
En contemplant le petit pot
Plein de pommade Galopeau!

LES FŒTUS
Mac Nab

LES FŒTUS

A Jules Lévy.

On en voit de petits, de grands,
De semblables, de différents,
Au fond des bocaux transparents.

Les uns ont des figures douces ;
Venus au monde sans secousses,
Sur leur ventre ils joignent les pouces.

D'autres lèvent les yeux en l'air
Avec un regard assez fier
Pour des gens qui n'y voient pas clair !

D'autres, enfin, fendus en tierce,
Semblent craindre qu'on ne renverse
L'océan d'alcool qui les berce.

Mais, que leur bouche ait un rictus,
Que leurs bras soient droits ou tordus,
Comme ils sont mignons, ces fœtus,

Quand leur frêle corps se balance
Dans une douce somnolence,
Avec un petit air régence!

On remarque aussi que leurs nez,
A l'intempérance adonnés,
Sont quelquefois enluminés :

Privés d'amour, privés de gloire,
Les fœtus sont comme Grégoire,
Et passent tout leur temps à boire.

Quand on porte un toast amical,
Chacun frappe sur son bocal,
Et ça fait un bruit musical !

En contemplant leur face inerte,
Un jour j'ai fait la découverte
Qu'ils avaient la bouche entr'ouverte :

Fœtus de gueux, fœtus de roi,
Tous sont soumis à cette loi
Et baillent sans savoir pourquoi !...

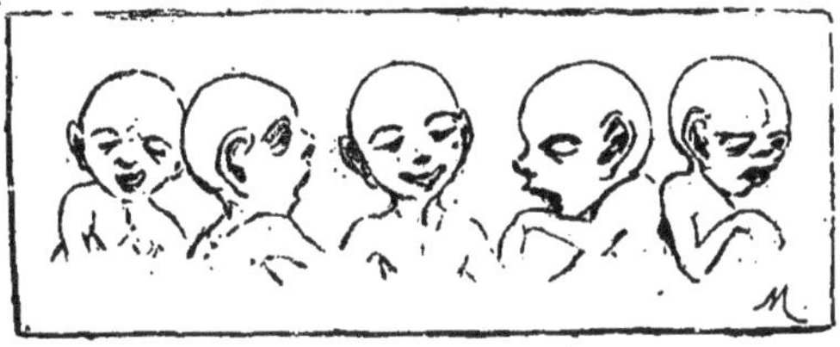

Gentils fœtus, ah! que vous êtes
Heureux d'avoir rangé vos têtes
Loin de nos humaines tempêtes!

Heureux, sans vice ni vertu;
D'indifférence revêtu,
Votre cœur n'a jamais battu.

Et vous seuls vous savez, peut-être,
Si c'est le suprême bien-être
Que d'être mort avant de naître!

. . . .

Fœtus, au fond de vos bocaux,
Dans les cabinets médicaux,
Nagez toujours entre deux eaux,

Démontrant que tout corps solide
Plongé dans l'élément humide
Déplace son poids de liquide!

C'est ainsi que, tranquillement,
Sans changer de gouvernement,
Vous attendrez le Jugement!...

Et s'il faut, comme je suppose,
Une morale à cette glose,
Je vais ajouter une chose :

C'est qu'en dépit des prospectus
De tous nos savants, les fœtus
Ne sont pas des gens mal f.....

VÆ SOLI !

Qu'il est doux d'être deux ! de sentir dans sa main
Frissonner une main que l'amour a bénie !
Qu'il est doux d'être deux ! deux hier, deux demain,
Deux toujours, au banquet d'amour et d'harmonie !

S'il est vrai qu'ici-bas l'on ne puisse être heureux
Sans qu'on se soit donné le plaisir d'être deux,
Il faut bien l'avouer, dans la nature entière
L'être le plus à plaindre est le ver solitaire !...

LA SEMAINE TERRIBLE

VILLANELLE

A Paul Bonhomme.

LONGUE et terrible semaine!
Du crépuscule au matin,
Comme un fou je me promène!

Je serai dans la huitaine
Sec comme un bénédictin...
Longue et terrible semaine!

Ma chaussure à la poulaine
Gémit contre le destin.
Comme un fou je me promène!

Voyez la teinte incertaine
Que prend mon habit châtain.
Longue et terrible semaine!

Mon concierge de sa haine
Me poursuit d'un air hautain!
Comme un fou je me promène...

Mais à cet énergumène
Mieux vaudrait parler latin.
Longue et terrible semaine!

Chasse-moi de ton domaine,
O maîtresse à l'œil mutin!
Comme un fou je me promène...

Je n'ai plus de marjolaine
Pour ton corset de satin.
Longue et terrible semaine!

Plus de poulardes du Maine
Ni de souper clandestin !
Comme un fou je me promène...

Je vais au bord de la Seine
Pêcher du menu fretin.
Longue et terrible semaine !

En attendant que s'amène
Le premier du mois prochain,
Comme un fou je me promène...
Longue et terrible semaine !

LA CORVÉE DE QUARTIER

FRAGMENT D'UN POÈME MILITAIRE

A Georges Mac-Nab.

Au lever de l'aurore, un jeune brigadier
Conduisait des soldats dans un coin du quartier.
Ils n'étaient point armés pour de vastes conquêtes :
Ce n'étaient que balais, que pelles, que brouettes.
On allait attaquer cet ennemi mutin
Que sur la dalle humide on voit chaque matin !

Un tout jeune conscrit qui pensait à sa mère
S'avançait en tremblant dans le sombre repaire.
Mais, soudain, le danger rend son cœur affermi :
Il a, devant ses pieds, reconnu... l'ennemi...

Tout frais, à peine éclos, fumant encor... le traître,
Ses pareils à deux fois ne se font point connaître :

« Va, maudit, va, rejoins tes compagnons épars!
A la saison prochaine,
Ensemble vous irez féconder notre plaine
Et jaunir les épis de Mars! »

Ainsi dit le héros, et, poussant sa victime,
Il la précipita jusqu'au fond de l'abîme,
Et le gouffre béant l'engloutit tout entier!...

. . . .

C'est ainsi que, noyant cette maudite engeance,
Un bon soldat sauve la France,
Sans sortir du quartier!

BALLADE DES ACCENTS CIRCONFLEXES

Lorsque je voyais sur un mot
Planer la forme biconvexe
D'un vulgaire accent circonflexe,
Cela me rendait très perplexe,
Étant alors jeune marmot.

Comme en de sombres paysages,
La chauve-souris des sabbats
Vole en rasant le sol très bas,
Ces accents prennent leurs ébats,
Porteurs de funestes présages!

Tantôt ils semblent occupés
A d'incroyables gymnastiques :
Prenant des poses fantastiques,
Ce sont alors de longs moustiques
Dont bras et pattes sont coupés.

Tantôt, les ailes étendues,
Ainsi que l'aigle roi des airs
Qui s'en va semer les éclairs
Dans l'immensité des déserts,
Ils semblent planer dans les nues!

Leur forme change à tout moment :
C'est un chapeau de commissaire,
Puis un capuchon débonnaire,
Une bosse de dromadaire,
Ou le fronton d'un monument !

Dans les vieux manuscrits gothiques,
Ils coiffent comme un abat-jour
Les cinq voyelles tour à tour
Qui, sous leurs griffes de vautour,
Font des rondes épileptiques.

Ces accents-là font mon malheur,
Et j'ai tenté mainte escarmouche
Contre leur bataillon farouche
Qui vous force d'ouvrir la bouche
Pour dire âne, hôte ou contrôleur !

Vains efforts ! L'accent circonflexe
Étendra toujours sur les mots
Ses bras étrangement jumeaux,
Au grand désespoir des marmots

. . . .

Et je suis toujours très perplexe !...

LE LOUP

A M. E. Larcher.

Dans mon village, un jour, le tocsin sonne.
Je crie : « Au feu ! » sur-le-champ, comme un fou.
« Oh ! ce n'est pas le feu, mais bien le loup !
Me dit quelqu'un. — Où ça? — Chez la baronne,
Dans la forêt que vous voyez là-bas.
C'est un fléau, tant il fait de dégâts !
On ne sait plus le nombre de ses crimes.
Ce maudit loup dépeuple le canton :
Quatre dindons, deux poules, un mouton,
Ce matin même, ont été ses victimes.
Si le berger ne s'était pas sauvé,
Sans aucun doute il l'aurait enlevé.
Quels noirs forfaits ! ces loups n'en font pas d'autres :
Nous le traquons... et vous êtes des nôtres !... »

. . . .

Nous étions dix des plus déterminés,
Aux grands exploits tous dix prédestinés!
L'occasion était des plus propices,
Et nos grands cœurs, doublés d'un bon fusil,
Accoutumés à tous les sacrifices,
Ne demandaient qu'à braver le péril.

Suivis des vœux de la commune entière,
Enthousiasmés, nous partîmes au pas.

Chemin faisant, pris d'une ardeur guerrière,
Un grand gaillard me racontait tout bas
Qu'étant pompier, il avait dans les flammes
Pensé périr, en secourant deux femmes.
Un autre avait, au risque de sa peau,
Gagné la croix en sauvant son drapeau.

Pas un qui n'eût au moins vu trois batailles,
Qui n'eût au moins repêché cinq noyés;
Le plus vaillant, tout couvert de médailles,
Nous raconta tant d'exploits variés,
Nous montra tant de nobles cicatrices,
Bref, étala tant d'états de services,
Qu'on lui promit la peau du louveteau.

. . . .

Or, à cent pas à peine du hameau
L'un de nous dix (c'était l'homme aux médailles)
Pâlit soudain, puis, s'arrêtant, se plaint
D'un mal subit qui trouble ses entrailles.
Du même mal un deuxième est atteint.
Il se trouva qu'un autre en sa demeure
Avait laissé cartouches, poudre et plomb.
« Allez toujours, ce ne sera pas long,
Nous vous joignons, disent-ils, tout à l'heure! »
Bref, au moment de charger nos fusils,
Tout compte fait, nous n'étions plus que six.

. . . .

Notre valeur n'en était pas moins grande !
Ce que voyant, le plus fort de la bande
Pensa tout haut que six, c'était beaucoup
Pour attaquer un misérable loup !
« Si nous n'allions que trois à sa tanière ?
Seul contre trois, il n'échappera guère.
Si le danger doit en être doublé,
Notre courage en sera décuplé,

Et nous aurons cent fois plus de mérite ! »
Puis, souhaitant bonne chance, il nous quitte.
Il ne fut pas le seul de son avis :
De tels conseils seront toujours suivis !
Mais, en partant, ils nous encouragèrent
A bien viser. — En outre, deux jugèrent
Fort peu prudent de s'embarquer à jeun.
Par quoi, bientôt, nous ne fûmes plus qu'un...

. . . .

En arrivant au bois de la baronne,
Foi de Gascon, nous n'étions plus personne!...

BALLADE

de la petite boiteuse et du petit bancroche

A Edmond Haraucourt.

SOUFFRE-DOULEUR de tous, êtres déshérités,
Ils vont clopin-clopant cacher loin du village
Le spectacle navrant de leurs infirmités.
Ils aiment la forêt et le sentier sauvage
Où des hêtres touffus, des chênes d'un autre âge
Enchevêtrent si bien leurs troncs capricieux
Qu'ils laissent voir à peine un petit coin des cieux.
C'est là, près d'un vieux mur où le lierre s'accroche,
Que vont souvent s'asseoir, en s'essuyant les yeux,
La petite boiteuse et le petit bancroche !

Tantôt marchant très vite et tantôt arrêtés,
Ils jettent aux échos leur gentil babillage
Qui fait siffler plus haut les merles entêtés.
Le petit, par devant, écarte le branchage,
Écrasant de son pied avec un grand courage

La limace gluante et le crapaud hideux.
Mais, pour tromper l'ennui d'un chemin hasardeux,
Sa compagne, en riant, partage une brioche :
Et c'est plaisir de voir comme mangent tous deux
La petite boiteuse et le petit bancroche!

Voici la nuit; ils vont à pas précipités,
Se retournent encore, admirant davantage
Dans le calme du soir les lieux qu'ils ont quittés.
La nature les aime et leur donne en partage
Les parfums, les oiseaux, des trésors de feuillage.
Voltigez, papillons, au soleil radieux!
Pinsons, soyez plus gais et plus mélodieux!
Parez-vous, fleurs des bois et lierres de la roche,
Pour venger aujourd'hui d'un mépris odieux
La petite boiteuse et le petit bancroche!

ENVOI

Princesse, qui voulez aux contes merveilleux
Donner le dénoûment le plus mystérieux,
Puisqu'une bonne fée aujourd'hui vous rapproche,
Venez voir le pays où vécurent très vieux
La petite boiteuse et le petit bancroche!

L'ANGE ET L'ENFANT

SONNET

L'ange dit à l'enfant d'une voix prophétique :
« Oh ! ne sois pas poète !... Oh ! les rimeurs fougueux,
« Les ciseleurs de vers, vois-tu, ceux-là sont gueux,
« Beaucoup meurent de faim, d'après la statistique. »

L'enfant ayant compris fit de l'arithmétique.
Il compta sur ses doigts pour apprendre que deux
Et deux font quatre. L'ange était tout radieux
Et minuit sonnait à l'horloge pneumatique...

Le séraphin reprit : « Tu seras l'arbrisseau,
« D'abord faible et petit, dont les branches altières
« Vont s'étendre plus tard sur les forêts entières.

« Si je puis te convaincre, enfant, dès le berceau,
« Que les petits ruisseaux font les grandes rivières. »
Au même instant, l'enfant fit un petit ruisseau.....

II

PROSE

Si vous voulez, je vais vous raconter mon exploration scientifique dans l'île de Java.

Après deux ans de patientes recherches, j'étais parvenu à réunir une collection des animaux les plus rares.

Il y avait d'abord un superbe boa.

Je l'avais appelé Vitellius à cause de son appétit :

Un animal bien intelligent !

C'est lui qui m'a mangé le bras droit dans un moment d'expansion.

Mais il l'a payé cher !

Il y avait aussi un homard géant.

Je l'avais appelé Ernest.

Je ne sais pas pourquoi...

Il avait une tête à s'appeler Ernest!

Un animal bien intelligent!

C'est lui qui m'a coupé la jambe gauche par inadvertance... il était si myope!...

Mais il l'a payé cher!

Il y avait encore un crocodile.

Je l'avais appelé Bayard à cause de sa grandeur d'âme.

Un animal bien intelligent!

C'est lui qui m'a mangé le bras gauche dans un moment de colère!

Mais il l'a payé cher!

Il y avait encore un pélican.

Un bien honnête oiseau!

C'est lui qui m'a arraché l'oreille droite un jour que je lui donnais à manger des anchois.

Mais il l'a payé cher!

Enfin, il y avait une autruche.

Je l'avais appelée Gertrude, à cause d'une ancienne qu'elle me rappelait :

Une bête bien intelligente... l'autruche!

C'est elle qui m'a rendu chauve, à force de m'arracher les cheveux :

Une mauvaise habitude dont elle n'a jamais pu se défaire!...

Si j'avais su, je lui aurais acheté une brosse...

Mais on ne pense pas à tout!

Du reste, elle l'a payé cher!

Il y avait encore une foule d'animaux très rares :

Des crabes de Java!

Des araignées de Java!

Des scolopendres de Java!

Des huîtres de Java!

Bref, ma collection était au grand complet, et j'allais partir, quand il m'est arrivé toutes espèces de malheurs!

Il y a d'abord Vitellius qui a voulu manger Ernest.

Ernest a été digéré tout vivant, mais il est mort du coup que ça lui a fait!

Le boa n'a pas tardé à le suivre.

On lui a fait un cercueil avec un tuyau de gouttière!

Il y avait beaucoup de monde pour voir ça!

Après cela, mon crocodile est tombé malade :

Un chaud et froid!

Je lui disais toujours :

Mon ami, ne cours pas tant, tu te feras pincer!

Ça n'a pas manqué de lui arriver.

Il s'est mal soigné, et il est mort au printemps!

J'ai voulu le faire empailler, mais ça s'est tout émietté!

Pour comble de malheur, mon pélican s'est étranglé dans une partie de pêche, en avalant de petits poissons qui ne lui avaient rien fait.

On est toujours puni par où l'on pèche!

Il me restait encore Gertrude.

Il lui est arrivé un bien triste accident!

Il y avait un canon sur le port : elle a voulu avaler le canon!

Mais ça n'a jamais passé; elle est morte sans qu'on ait pu le lui retirer.

On a été obligé de l'enterrer avec!

Et puis, on m'a fait payer le canon!

Quant au restant de ma collection, il a été saisi par ministère d'huissier :

Un huissier de Java!

Quand j'ai vu tout ça, je suis revenu.

J'ai été me présenter au ministre : ce n'était plus le même! Il voulait me renvoyer là-bas!

Merci, j'en ai assez des explorations scientifiques.

Et maintenant, je cherche une place.

Une place où l'on n'ait besoin ni de marcher, ni d'écrire, ni d'entendre, ni de voir clair!

Si vous en connaissez une, vous pouvez me proposer de confiance :

Je ferai l'affaire.

Grande, sèche, jaune, raide, édentée, parcheminée, elle entre dans un bureau de poste, les pieds en avant.

Elle tourne à demi la tête, et dit avec une voix de brouette mal graissée : « Come on, Clara ! »

Clara est petite, mince, plate, rousse ; elle a des dents très longues, et suit sa maîtresse, les pieds en avant.

L'Anglaise demande soixante timbres-poste pour affranchir soixante lettres adressées à soixante personnes différentes.

Elle allonge cinq doigts osseux, saisit les timbres, et répète : « Come on, Clara ! »

Clara fait demi-tour avec la grâce d'une locomotive.

Droite, les talons joints et les bras pendants, elle lève les yeux au ciel et tire la langue.

L'Anglaise, grande, sèche, jaune, raide, édentée, parcheminée, passe successivement les soixante timbres sur la langue de Clara, petite, mince, plate et rousse, et les applique d'un coup sec sur les soixante lettres adressées à soixante personnes différentes.

Puis elle se dirige vers la porte, en disant encore une fois : « Come on, Clara ! »

Toutes deux disparaissent comme des ombres, les pieds en avant...

. . . .

Dernièrement j'ai rencontré la pauvre Clara, toujours petite, mince, plate et rousse.

Mais elle avait les lèvres collées et ne pouvait plus ouvrir la bouche !...

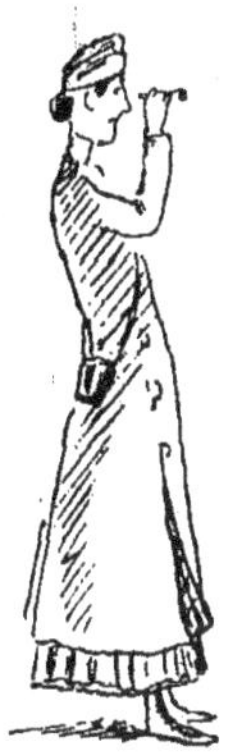

MA FEMME EST ÉLUE !

A Coquelin cadet.

Enfin, ça y est !... ma femme est élue !

Vous n'avez pas l'air de comprendre... élue, oui, ma femme... elle est *députée !*

Eh bien, je ne suis pas fâché que ce soit fini, ces élections. Quel tracas, mon Dieu, pendant huit jours !

Ah ! ça a été dur : deux ballottages ! Mais, au dernier tour, ma femme a enfoncé son adversaire avec deux mille voix.

. . . .

Je puis me vanter d'avoir de la chance. On ne sait pas ce que c'est que d'avoir son épouse dans la politique.

D'abord nous aurons droit à la circulation gratuite sur les chemins de fer. Oui, nous pourrons aller tous les dimanches à Courbevoie pour rien !

J'aurai des entrées de faveur pour les séances ; mais je

n'irai pas : le bruit me fait mal à la tête ; j'en ferai profiter mes amis... ça vous pose !

Ensuite, on viendra nous offrir des pots-de-vin. Il y en a qui refusent : pas si bêtes, nous autres. Dame ! il faut bien faire bouillir la marmite.

Enfin, pendant que ma femme prononcera des discours, elle ne me fera pas de scènes. C'est toujours ça de gagné pour la tranquillité. Et quand il y aura des séances de nuit ! C'est moi qui vais m'en payer ! hé, hé ! vous croyez que je me gênerai ?... Polisson, va !...

. . . .

Parlons sérieusement.

Je vais commencer par donner ma démission. Plus de bureau, plus de rond de cuir, plus de grattoir, plus d'administration !

Mais je ne resterai pas oisif pour cela.

C'est moi qui ferai le marché, qui surveillerai la cuisine :

« Annette, si vous mettiez le pot-au-feu ? Vous serez en retard, ma fille... pas trop d'ail dans le gigot !... »

Je m'occuperai aussi des soins du ménage !

« Monsieur, la clef du sucre !... Monsieur, le tournebroche est cassé !... Monsieur, la couturière est en bas, elle vient pour prendre mesure... »

Est-ce que tout cela ne vaut pas mieux que de faire des additions ?

. . . .

Par exemple, je n'y serai pour personne. Vous comprenez, il y a des tas de gens qui viennent solliciter des veurs, des recommandations :

« ...Mon ami, j'ai un neveu... Monsieur, je suis votre cousin... » Non, non, pas de faveurs pour les cousins, ma femme s'en occupera, c'est son affaire. S'il fallait protéger tout le monde, on n'en finirait plus. Il y a déjà ma belle-mère qui m'a demandé... Tiens, une idée!... si je la faisais porter aux prochaines élections, ma belle-mère! Je me charge de soigner sa candidature; mais plus tard... Attendons pour cela que ma femme soit *sénateur*.

LE MÉKÉRONI !

SONNET BRITANNIQUE EN PROSE

A M. Plet.

Pour avoar du bonne mékéroni, il fallait avoar du bonne fromédje.

Aoh !...

Mais, pour avoar du bonne fromédje, il fallait avoar des bonnes pétiourédjes.

Aoh !...

Et, pour avoar des bonnes pétiourédjes, il fallait bôcoup d'ârgent.

Aoh ! compréné vos ?

Jé keuntiniou :

Pour avoar bôcoup d'ârgent, il fallait vender baôcoup de keuteune.

Mais, pour vender baôcoup de keuteune, il fallait avoar le canal de Souez.

Donc, pour avoar du bonne mékéroni, il fallait avoar le canal de Souez !

LE CRABE

A Coquelin aîné.

Déshonoré, Fier-à-Bras, déshonoré!... il est arrivé second!

Qui s'en serait douté?

Une bête sur laquelle je fondais toutes mes espérances!

Ah! mon père m'avait bien dit :

« Octave, ne tripote jamais dans les courses, et, surtout, ne fais pas courir! »

J'ai voulu, comme tant d'autres, avoir mon écurie, mon nom dans les feuilles de sport, un pseudonyme comme tous les grands sportsmen!...

Vous avez sans doute entendu parler du baron Panais et Cie.

Baron Panais, c'est moi.

Et Cie, c'est encore moi.

Une innovation!

Tout se fait par compagnies, maintenant.

Et je fais courir... pas des chevaux!

Ça coûte trop cher, les chevaux!

Et puis, il y a le jockey, l'entraîneur, les palefreniers, le foin, l'avoine, le vétérinaire... ça n'en finit plus!

Je fais courir... des crabes!

Mon écurie, c'est Fier-à-Bras, par Redguntlet et Pichenette!

Un pur sang!

Ce n'est pas le tout de faire courir!

Il faut encore savoir choisir son crabe.

Il y a crabe et crabe! Tous les crabes ne sont pas taillés pour la course!

On parle beaucoup du crabe de la Méditerranée, *Carabus Mediterraneus.*

Pas mauvais, mais un peu nerveux. Il gesticule trop en marchant!

Et puis, ça ne mange que des choses à l'ail!

Il y a ausssi le crabe américain, *Carabus Americanus.*

Pas mauvais encore; mais il y a mieux!

Par exemple, le crabe de Jersey.

Les Anglais le préfèrent!

Mais tout cela, ça ne vaut pas le crabe des côtes de Normandie, *Carabus Major.*

Parlez-moi du *Carabus Major!*

Fier-à-Bras est un *Carabus Major!*

Mais ce n'est pas le tout d'avoir un crabe.

Il faut encore savoir l'entraîner!

Il y a deux méthodes d'entraînement pour les crabes :

La méthode anglaise et la méthode française.

C'est cette dernière que j'emploie.

Tous les matins, je conduis mon crabe sur la plage.

Je place devant lui, à vingt-cinq pas, un rat mort ou un foie de veau un peu avancé.

Le crabe fait d'abord toutes sortes de zigzags.

Je le saisis, et je le remets là !

Il rezigzague.

Je le ressaisis, et je le remets encore là !

Et je continue jusqu'à ce qu'il ait la ligne droite bien dans l'œil.

Avec un peu de patience, on y arrive !

Quand un crabe doit courir, il faut toujours avoir soin de lui graisser les jointures avec une goutte d'huile.

Mais ce n'est pas tout de graisser les jointures !

Il faut encore savoir choisir son huile.

Toutes les huiles ne sont pas bonnes pour graisser les jointures d'un crabe !

Dans le Midi, on se sert d'huile d'olive.

Ça, c'est bon pour le *Carabus Mediterraneus*.

Mais ça ne vaut rien pour le *Carabus Major!*

On peut également employer l'huile de lin ; mais ça sèche un peu vite !

Il y a aussi l'huile de pied de bœuf.

Trop fluide, l'huile de pied de bœuf !

Par exemple, il faut se méfier de l'huile à brûler.

C'est trop gras ! Ça fait du cambouis !

Et puis, si par malheur l'animal s'approchait d'une allumette enflammée !...

Pour moi, j'emploie tout simplement l'huile de ricin.

Pour donner des jambes, il n'y a que ça !...

Et dire que j'avais si bien entraîné Fier-à-bras !

Je l'avais si bien graissé !

Pensez donc! Il s'agissait de courir le grand prix de la plage.

Et il y avait des concurrents redoutables :

Escogriffe. Antinoüs, Rob-Roy, Ravageur à lord Cabbage.

Othello... pas fort, Othello... rien qu'en soufflant dessus... pfff!...

Il y avait plus de deux mille personnes sur la plage!

Heureusement que la municipalité avait prêté un gendarme pour maintenir l'ordre.

Une tête qui ne m'allait pas... ce gendarme! J'avais le pressentiment qu'il me porterait malheur!

Il y avait aussi des bookmakers qui donnaient la cote.

Entre nous, il faut le dire, il y avait un tuyau...

Fier-à-Bras était d'abord à 5.

Mais le tuyau a crevé, et après cela on ne le donnait plus qu'à 2.

Un peu avant la course, j'ai pris à part Fier-à-Bras, et je lui ai adressé quelques bonnes paroles :

« Allons, mon vieux, du nerf! Montre-toi digne de tes ancêtres, et souviens-toi que tu portes dans tes pattes la gloire de ta patrie et l'honneur de ton maître!...

Beaucoup de monde aussi dans le *ring!*

On admire Fier-à-Bras.

On discute ses performances.

Enfin on fait sortir les crabes de leurs boxes.

Pour les reconnaître, on leur a collé sur le dos des pains à cacheter de différentes couleurs.

Le starter lève sa canne :

Fier-à-Bras s'élance le premier, au milieu d'un tonnerre d'applaudissements!...

Tout à coup on me dit : « Eh, baron, vous ne voyez pas, votre crabe... il oblique à droite! »

Miséricorde! il oblique à droite... il agite ses pattes en humant l'air... il va se précipiter dans les jambes du gendarme...

(Un mauvais côté de l'entraînement à la française.)

Il a bien essayé de se rattraper!

Vains efforts!

Ravageur est arrivé premier d'une demi-carapace!

Qu'est-ce que je vais faire de Fier-à-Bras, maintenant?

Un animal déshonoré!

Ma foi, je vais le com mander pour mon déjeuner!

Pauvre Fier-à-Bras!...

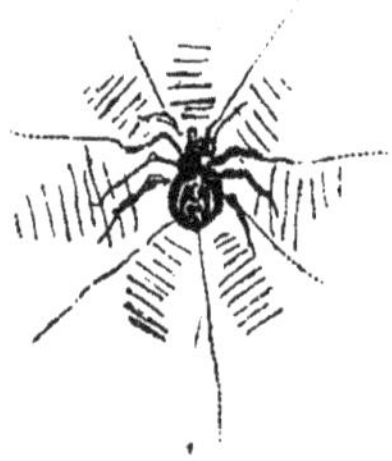

UNE TACHE !

A M. Truffier.

Vous savez... je me marie!... (*Il déploie un journal et montre du doigt la dernière page...*)

Demoiselle jolie, honorable, vingt-deux ans, deux cent mille francs... tache.

Ah! par exemple, il y a une tache.

Je vous assure que quand j'ai vu ce mot *tache*, ça m'a refroidi!

Il y a tant de sortes de taches. Je me disais : Est-ce une tache de vin, une tache d'huile ou une tache de famille?

Dans le doute, je ne m'abstiens pas, moi, j'ai passé par-dessus la tache... et j'ai demandé la demoiselle honorable, jolie, vingt-deux ans, deux cent mille francs!

Quant à la tache, ma belle-mère m'a confié la chose dans le tuyau de l'oreille.

Il n'y a que moi qui suis dans le secret; la pauvre enfant elle-même ne connaît pas toute l'étendue de son malheur : elle n'a jamais vu sa tache! Vous allez savoir pourquoi.

Au fait, je puis bien vous le dire, cela n'a rien de déshonorant : il s'agit tout simplement d'une brûlure!

Figurez-vous que ma fiancée... Yolande... elle s'appelle Yolande de Cœur-Volant; quel joli nom! ça vous met l'eau à la bouche... *(Il envoie un baiser en l'air)* Yolande!... Figurez-vous que ma fiancée .. eh bien!... le jour de son baptême, elle est tombée assise dans la poêle à frire!

Horrible, n'est-ce pas?

Le baron son père était comme fou : il lui en est resté un tic! *(Geste.)*

La baronne sa mère s'arrachait les cheveux : elle est chauve depuis cette époque!

C'est que ce n'était pas une brûlure ordinaire; vous allez voir :

La poêle à frire, ainsi que tout le reste du mobilier, était marquée aux armes des Cœur-Volant : eh bien, depuis son accident, ma fiancée porte sur son verso, d'argent aux trois cœurs ailés de gueules avec cette devise : *Sursum corda!...*

Horrible, n'est-ce pas?

On a tout fait pour faire disparaître cette tache.

Pourtant, la peau ça repousse à tout âge.

Eh bien, ça n'a pas repoussé! ça se voit plus que jamais. (C'est ma belle-mère qui le dit; moi, je n'ai pas vu!...)

Et savez-vous pourquoi ça se voit plus fort que jamais? Je me l'explique très bien : il paraît qu'au-dessous de l'écusson, à droite de l'exergue, on lit cette date : 1652.

Seize cent cinquante-deux! Comment voulez-vous qu'on guérisse une brûlure aussi ancienne?

Voilà donc ma pauvre fiancée défigurée pour toujours!

Horrible, n'est-ce pas?

Surtout, n'en parlez à personne, ne dites pas qu'elle a une tache, cela me couvrirait de ridicule ; vous savez, on se figure tout de suite des tas de choses... il y en a bien qui n'en auraient pas voulu, allez !

Moi, c'est justement à cause de la tache que j'épouse.

J'aime les antiquailles !

Et puis, ce qui me console, c'est que si ma femme s'égare, je ne serai pas embarrassé pour la retrouver : j'ai son signalement !

Un fiacre passait sur la place du Carrousel.

Une bonne vieille y passait aussi. C'était son droit!

Personne ne contestera ce droit!

Le fiacre était noir et jaune; il y avait écrit dessus : *Camille.*

Il peut arriver à tout le monde de s'appeler Camille!

Le cocher avait un ruban jaune à son chapeau, des passepoils jaunes, un gilet jaune, des cheveux jaunes!

On a un uniforme ou on n'en a pas!

Le cheval aussi était jaune, de sa couleur naturelle. On ne lui en fera pas un crime. Et puis, vous savez, des goûts et des couleurs...

La bonne vieille avait le teint jaune; mais *le teint ne fait rien à l'affaire!*

Elle était sourde, c'est vrai; mais un bon cœur fait pardonner bien des défauts!...

Bref, les choses en étaient là quand le cheval se mit à trotter. (Tout arrive ici-bas!)

Sur la place, il n'y avait que le fiacre et la bonne vieille. Or, cette place a cent trente-trois mètres en long et quatre-vingt-douze en large. Ce n'était pas l'espace qui manquait: on ne dira pas le contraire. (Je voudrais bien voir qu'on dise le contraire!)

Et, pourtant, le fiacre a écrasé la bonne vieille.

Après tout, me direz-vous, une femme de plus ou de moins!... Je ne dis pas, mais cela n'en était pas moins fort désagréable pour le cocher!

Ça pouvait lui faire du tort!

Enfin, on lui a pardonné pour cette fois.

Du reste, à quoi bon le punir?

S'il a écrasé une femme, est-ce une raison pour lui enlever son gagne-pain?

Il faut bien que tout le monde vive!...

LE COQ-A-L'ANE

A Paris, quand on flâne, il n'y a rien d'amusant comme de saisir au vol la conversation des passants.

On n'entend ni le commencement ni la fin ; on prend les mots comme ils viennent : le hasard leur donne une tout autre valeur, et la phrase la plus simple prend des proportions étranges.

Alors entre celui qui parle et celui qui écoute se produit le phénomène que la grammaire française (Dieu lui pardonne !) appelle un *coq-à-l'âne*.

Je ne manque pas d'anecdotes pour prouver ce que j'avance ici ; mais la plupart sont de nature à ne pouvoir être dites que dans la plus grande intimité.

Si vous y tenez, je vous en conterai quelques-unes entre la poire et le fromage.

En attendant, écoutez bien celle-ci.

. . . .

Un gros monsieur descendait l'avenue des Champs-Élysées. Une dame obèse était pendue à son bras. (L'avenue des Champs-Élysées n'était pas assez large !)

Je marchais derrière eux, le nez en l'air, sans songer à rien, et de temps en temps la brise m'apportait des lambeaux de leurs paroles.

Or, la grosse dame disait :

« Oui, mon ami, quatorze sangsues, et pas moyen de la faire revenir.

« C'est son gendre qui les posait en disant : « Allons, « belle-maman, encore une ! »

« Alors le docteur, à bout de remèdes, imagina de lui appliquer je ne sais quoi sur la plante des pieds.

« La voilà qui se réveille comme par enchantement. Elle se trémousse, en criant : « Vous me chatouillez... vous me « chatouillez... laissez-moi donc, vous me chatouillez !... »

La grosse dame disait cela en riant très fort, et le gros monsieur faisait : Oh ! oh !... ah ! ah !... tandis que l'écho murmurait ces mots : « Vous me chatouillez !... vous me chatouillez ! »

. . . .

En ce moment passaient deux jeunes ouvrières, fort gentilles, ma foi : une grande et une petite.

La petite dit à la grande : « Tu vois, le monsieur qui est avec la grosse dame, eh bien... il paraît qu'il la chatouille ! »

IMPRÉCATIONS DE NINI

DISCOURS PRÉLIMINAIRE EN TROIS POINTS

Exorde. — Au moment où les esprits se préoccupent à si juste titre de l'avenir du monologue, aujourd'hui surtout que, suivant les traces des grandes personnes, les petits enfants quittent les genoux de leur nourrice pour réciter vers et prose, aujourd'hui, dis-je, tout le monde s'étonne qu'aucune voix ne se soit élevée en faveur de la poupée.

1er point. — J'ai résolu de remplir ce pénible devoir. Permettez donc à une jeune personne moralement abandonnée de faire entendre ses plaintes.

C'est elle qui va parler, écoutez-la bien et remarquez son triste sourire...

2e point. — Son triste sourire, car, s'il y a des poupées gaies, il y en a aussi de tristes.

3e point. — C'est comme les gens, ça dépend de la situation qui leur est faite dans l'existence.

Les gens rient ou ne rient pas.

Les uns sont fortunés.

Les autres ne sont pas fortunés.

Les uns mangent la soupe maigre, les autres la soupe grasse...

Péroraison. — C'est la grasse que je vous souhaite!

MONOLOGUE POUR POUPÉES

dit par Mlle X du Paradis des Enfants

A Théodore Maurer.

Dis donc, si tu ne veux pas t'occuper de moi, il ne fallait pas m'acheter !

J'étais bien mieux derrière les vitrines du Paradis des Enfants, où je voyais les belles dames, les beaux messieurs et les petits enfants qui disaient : « Oh! la belle poupée! mon Dieu! la belle poupée! »

Toi, tu me jettes dans un coin!

Ce n'est pas la peine de faire tant la mijaurée!

Voyez-vous, Mademoiselle qui ne veut plus de sa belle poupée, et qui la laisse en chemise, les jambes en l'air, par le froid qu'il fait!

Et le chat qui m'arrache les cheveux tout le temps! Tu le laisses faire!

Malheureuses que nous sommes!

On nous laisse tomber, on marche sur nous, on nous fait des moustaches avec de l'encre, on nous ouvre le ventre pour voir ce qu'il y a dedans!

Est-ce que tu as assez de moi?

On le dit, alors!

Pourtant je vaux bien ton polichinelle!

Il est beau, celui-là, avec ses deux bosses!

Il ne sait seulement pas dire papa et maman!

Il ne roule pas les yeux, il n'est pas articulé, il n'est pas incassable!

Moi, je suis incassable; heureusement, mon Dieu!...

Oh! je te vois bien, va! Tu fais la précieuse devant ton armoire à glace!

Avec tes nattes toutes défaites, et ta collerette de travers, et ton soulier mal attaché!

Désordonnée! tu ferais mieux de me mettre dans mon petit fauteuil, et puis de me servir la dînette, ou bien de m'apprendre à lire.

D'abord, je veux une belle robe et un beau chapeau pour faire mes visites, avec une grande plume! Na! Sans quoi..., tu sais, je vois tout, moi!

Eh bien! je dirai que tu pinces les oreilles du chat pour le faire crier...

Je dirai que tu mets le doigt dans le pot de confitures !...

Et ce beau vase que tu as cassé hier!

Tu as dit que c'était ta bonne; menteuse, va! à ton âge!... On le saura.

On saura aussi que tu tires la langue à ton maître d'écriture, et que tu as pris le ballon de ton cousin Gustave, voleuse!

Tu ne veux pas m'entendre?

C'est bien!

Je demanderai à retourner au Paradis des Enfants, où j'étais si bien, et où je regardais passer les belles dames, les beaux messieurs et les petits enfants qui disaient en me voyant :

« Oh! la belle poupée! mon Dieu! la belle poupée!... »

MERLAN

LE MERLAN

> Le Merlan était toujours là !....
>
> Paul BILHAUD.

Cheveux ou barbe?

Barbe? Cheveux?

Barbe! Bien, monsieur, asseyez-vous là!

Beau temps pour la pêche à la ligne! N'est-ce pas, monsieur!

Vous gardez les favoris? Bien, monsieur!

J'étais justement en train de pêcher hier quand on a retrouvé l'homme sans tête.

Baissez la vôtre, monsieur!

Oui, monsieur, un machabée sans tête!

Je vous fais mal?

Excellents, ces rasoirs, n'est-ce pas?

Il avait séjourné au moins huit jours dans l'eau...

Monsieur ne sera jamais chauve!

Il était tout violet. Ça m'a ôté l'appétit!

Levez la tête, monsieur!

Il était bien vêtu! Tout ce qu'il y a de pschutt en fait de machabée! Levez la tête!

On se demande s'il y a crime ou suicide...

Baissez la tête!

Petite friction, monsieur, petite friction?

Un quart d'heure après, on a repêché une tête au pont de l'Alma!

Petite friction? Monsieur en aurait besoin!

On la lui a essayée pour voir si elle s'ajustait...

Schampoing? Portugaise?

Portugaise? Schampoing?...

Mais on s'est aperçu que c'était une tête de femme! ventilation... cinq sous de plus!

Pas besoin de savon, monsieur?

Guimauve? Violette? Lotion hygiénique? Levez la tête!

Et maintenant on cherche le corps de la femme!

Friction, portugaise, schampoing, guimauve, violette... Monsieur ne veut pas... Monsieur a tort... Vous êtes rasé .. voilà l'eau!

UN DROLE DE DINER !

A M. Léon Vanier.

J'ai dîné une fois dans une famille où il y avait un jeune collégien qui se livrait à l'étude des sciences.

Tout marchait par l'électricité dans cette maison-là !

A la porte, il y avait une sonnerie d'alarme contre les voleurs.

Quand je fis mon entrée, ce fut un carillon épouvantable, et je vis s'abaisser cinq ou six canons de fusil.

Quand on m'eut reconnu, on me fit des excuses, et le jeune Tomy (c'était le nom du collégien) me fit admirer le mécanisme de la sonnerie.

Je félicitai les parents des heureuses dispositions de leur fils; celui-ci, encouragé par ces compliments, me proposa de m'électriser :

« Tenez, me dit-il, je n'aurais qu'à presser ce bouton pour vous foudroyer ! »

Je crus que mon dernier jour était arrivé.

Ensuite il me montra quelque chose qui fit une explosion superbe :

Ça marchait par la dynamite.

J'eus les cheveux et les sourcils brûlés.

Tomy était enchanté.

Jamais son expérience n'avait si bien réussi !

Je félicitai de nouveau les parents.

— N'allez-vous pas bientôt retourner au collège? demandai-je au jeune savant.

— Mais oui, me répondit-il, je vais rentrer en *taupin* au *bahut* le Grand pour *potasser* l'X !

— Ah ! et vous amusez-vous beaucoup au *bahut ?*

— Oh ! oui, on rigole d'une façon épatante.

On monte des *bateaux* aux pions ; on grille des *sèches* dans les *gogs*.

Et puis, il y a les jours de sortie.

Quand nous pouvons lâcher le *pondant,* nous allons tortiller chez Foyot, nous piquons une vadrouille sur le Boul'miche ; nous taillons un bac dans le péloponèse ; nous étranglons un *perroquet* dans une brasserie ; à neuf heures nous nous faisons rentrer par un passant, et nous en grillons encore une avant d'aller au baldaquin.

— Mais, dites-moi, repris-je tout ahuri, qu'est-ce qu'on vous apprend donc au bahut?

— Nous faisons des *laïus;* on nous pousse des *colles* sur le latin, le grec, l'alboche, les matmuches, etc...

— Mais est-ce qu'on ne vous enseigne pas la grammaire française?

— Si fait, en sixième ; mais nous autres grands, n'en faut plus... ce n'est pas dans le programme !...

Je félicitai encore une fois les parents, et à ce moment on annonça le dîner.

La salle était brillamment éclairée à l'électricité par les soins du jeune Tomy.

Au milieu du repas, il arriva quelque chose qui n'était pas dans le programme; toutes les lampes s'éteignirent à la fois... il paraît que c'était de l'imitation!

Obscurité complète; tout le monde se lève.

Je me dirige à tâtons vers le vestibule pour m'échapper de ce guêpier.

Je trébuche dans des tas de choses, je tombe au milieu des éclats de verre, je patauge dans plusieurs espèces d'acides.

Le jeune Tomy pousse des hurlements épouvantables en criant qu'on lui abîme ses appareils; et sa mère cherche à le consoler, en lui disant : « Ne pleure pas, mon petit Tomy; si tu es bien sage, je te donnerai une pile!... »

Enfin, je parvins à m'esquiver.

J'arrivai chez moi à moitié nu : mes habits s'émiettaient en route.

Et il fallut encore subir une scène de ma femme, qui s'imagina que j'avais été vitriolé par une ancienne!...

C'est tout de même une belle chose que la science!

A LA GRACE DE DIEU !

Quelle idée, quelle folle idée d'aller chasser aux Champioux par un temps de pluie !

Pourquoi me suis-je laissé surprendre par la nuit, une nuit noire, plus noire que de l'encre noire, plus noire qu'un chapeau noir de croque-mort, plus noire que l'âme d'un récidiviste?

Si la lune montrait seulement la pointe argentée de son croissant, je découvrirais les collines de Sannois, le moulin d'Orgemont et le clocher d'Argenteuil; je verrais là-bas, là-bas, le mont Valérien, qui semble un gigantesque chameau agenouillé dans le désert !

O lune, montre la pointe argentée de ton croissant !

Holà ! j'aperçois quatre peupliers et le pignon très pointu d'une maison.

Par saint Hubert, elle est habitée, car un mince filet de lumière s'échappe par la fente d'un volet !

Toc, toc ! holà ! hé ! Où suis-je, brave homme, car en chassant je me suis égaré ?

— *A la grâce de Dieu !* monsieur le chasseur, répond le brave homme.

Une vieille paraît à son tour.

— *A la grâce de Dieu!* glapit la vieille.

— Encore une fois, où suis-je? Où conduit cette route?

— *A la grâce de Dieu!* reprennent en chœur le brave homme et la vieille.

La porte se referme : plus de brave homme, plus de vieille!

Et les quatre peupliers s'inclinent en gémissant : *A la grâce de Dieu!...*

Étrange pays! Drôles d'habitants!

Je recommence à errer dans la nuit, en fredonnant sur un air connu :

Adieu, adieu
A la grâce de Dieu!

. . . .

Comme je passais hier matin par le même chemin, je reconnus la maison au pignon très pointu et les quatre peupliers.

C'était une auberge, et sur la vieille enseigne qui se balançait au soleil, je lus ces mots, tracés en grandes lettres noires :

A LA GRACE DE DIEU!

Dans les longues soirées d'hiver, il arrive souvent que les familles paisibles et honnêtes, après avoir épuisé tous les jeux innocents, cherchent en vain le moyen de distraire leurs invités.

C'est le moment d'exhiber le nain Colibri.

On choisit dans la société deux jeunes gens dévoués, et on place une table devant une fenêtre à grands rideaux.

Le premier jeune homme dévoué se place devant la table, les bras dans une paire de bottes pour simuler les jambes du nain.

Le second jeune homme dévoué, caché derrière le premier, est chargé de faire les gestes.

Le nain est coiffé d'un turban et couvert d'un manteau écarlate.

De chaque côté on place un candélabre.

Un troisième personnage, armé d'une baguette, fait le barnum et récite le boniment suivant :

Mesdames et Messieurs,

Le phénomène que j'ai l'honneur de vous présenter a été découvert en Turquie, où il faisait les délices du sultan Yousouf-rataïa-ta-pouf.

Agé de vingt-neuf ans trois mois six jours, depuis quarante ans que je le montre il n'a pas grandi d'une ligne et ne m'a jamais donné que des sujets de satisfaction.

Il s'appelle Colibri comme son père et sa mère dont auxquels il leur ressemble comme une goutte d'eau.

Monsieur Colibri, saluez l'honorable société !

Il aurait pu être roi comme son père et sa mère, mais il a préféré être nain.

C'est sa petite taille qui a décidé sa vocation !

Cela n'empêche pas, mesdames et messieurs, que le seigneur Colibri jouit de toutes les qualités physiques de santé et mentales d'intelligence.

Non seulement il possède un excellent caractère, mais encore, grâce à l'éducation dont il m'est redevable, il parle toutes les langues connues : le français, l'italien, l'anglais, l'espagnol, le persan, le chinois, l'auvergnat, le charabia, le sourd-muet, le limousin, le gascon, et même l'argot, qui est sa langue maternelle, car sa noble famille est originaire de la Butte-aux-Cailles.

Mesdames et messieurs, le seigneur Colibri va vous chanter d'une voix mélodieuse un des airs nationaux qu'il a rapportés de Turquie, en s'accompagnant sur la guitare. Allons, monsieur Colibri, travaillez!

LE NAIN.

Chafouïa, chafouïa,
Tsi, tsi, tsi, tsi,
Chafouïa, chafouïa!
Macoco, boum! boum!
Kitchaka flemar
Barba standachar
Boum Victor Hugo!

Maintenant, monsieur Colibri va vous faire entendre une romance où la mélancolie se confond avec une douce tristesse.

LE NAIN.

Je suis la délaissée
Qui pleure nuit et jour,
Celui qui m'a trompée
C'est mon premier amour!

Ce motif est si touchant qu'il pleure.

Tenez, pauvre Colibri, séchez vos larmes avec ce mouchoir!

Le seigneur Colibri va aussi danser le pas tartare en s'accompagnant avec la guitare (tiens, ça rime!).

Allons, dansez, monsieur Colibri.

Je ferai remarquer à l'honorable assistance que les talents chorégraphiques de mon phénomène ne s'arrêtent pas là, car il exécute avec une égale souplesse :

La polka;

La valse;

La mazurka;

Le pas français;

Le pas de la grenouille en goguette;

Le pas du homard persécuté;

Le pas de l'araignée qui remue;

Les ailes de pigeon;

Le hanneton perturbateur;

Le pas du hareng saur désossé;

Le pas du sénateur inamovible.

Monsieur Colibri, vous avez très bien dansé.

Pour votre récompense, vous aurez un marron glacé.

(Il lui présente un sac de marrons glacés.)

Vous pouvez remarquer, messieurs et mesdames, qu'il y a une lacune dans l'éducation de mon phénomène.

Je n'ai jamais pu lui apprendre à trouver sa bouche!

Nous allons terminer par quelques petits exercices dans lesquels le nain Colibri développera toute son intelligence et sa perspicacité.

Monsieur Colibri, levez la tête.

Baissez la tête.

Ouvrez la bouche.

Fermez la bouche.

Agitez la main droite.

Vous vous trompez, ce n'est pas celle-là.

Comment ! vous ne distinguez pas encore la droite de la gauche !

Le nain. — Hi, hi, hi, ho, ho, ho !

Monsieur Colibri, quelle est la personne la plus aimable de la société ?

Et la plus belle ?

Bravo, Colibri, vous avez bon goût.

Et la plus gourmande ?

Oh ! Monsieur Colibri, êtes-vous bien sûr que ce soit cette demoiselle ?

Vous vous trompez sans doute !

Maintenant, mesdames et messieurs, c'est pour avoir l'honneur de vous remercier.

J'aime à croire que vous avez été charmés par les innombrables talents de l'illustre Colibri. S'il en est ainsi, vous reviendrez le voir, et vous en ferez part à vos amis et connaissances.

LE TRÉSOR

Drame en sept tableaux

PREMIER TABLEAU

« Madame Lagrifouille, somnambule, 32, rue du Plat-à-Barbe, explique les songes. »

Nom d'un pépin! Voilà mon affaire!

Depuis huit jours je ne dors pas; je rêve qu'il y a de l'or partout, jusque dans mes bottes.

Je fais des héritages merveilleux, j'épouse des orphelines millionnaires, je gagne le gros lot de la loterie Araucanienne... tout cela en rêve.

Enfin, quand je pousse mon lit contre le mur, j'entends des bruits de pièces d'or.

Coûte que coûte, je veux en avoir le cœur net!

DEUXIÈME TABLEAU

— Madame Lagrifouille, s'il vous plaît?

— Au cinquième, la porte à gauche, essuyez vos pieds.

Au cinquième! Peut-on demeurer au cinquième quand il y a un sixième!...

Au moins on ne dira pas que cette somnambule est une femme de bas étage!

Enfin, m'y voilà!

C'est joliment haut, le cinquième des autres!...

TROISIÈME TABLEAU

Très aimable, cette somnambule!

Seulement, elle n'est pas somnambule du tout. Elle se contente de tirer les cartes.

Comme on trompe le public!...

QUATRIÈME TABLEAU

Petit jeu, grand jeu?

Battez, tirez... cinq, huit... coupez, tirez, roi, dame, valet... un cœur, un trèfle, jolie blonde, jolie brune... tirez... malheur, accident, fortune... blonde, brune... il y a un trésor dans le mur, faites un trou... c'est *cinque* francs!

CINQUIÈME TABLEAU

Ce n'est pas commode de faire un trou.

Je gratte, je gratte! du papier, rien que du papier!

Je gratte, je gratte!... des punaises! ça les dérange, pauvres bêtes!

Je gratte, je gratte!...

Ah! voilà le plâtre... ah! voilà la brique... ah! voilà du

bois, c'est le trésor... un coup de ciseau là-dedans... Victoire! je vois les pièces d'or, il n'y a plus qu'à agrandir le trou pour avoir le coffret!

SIXIÈME TABLEAU

Crac!...

Voilà le mur qui s'écroule!...

Je ne vois plus rien au milieu de la poussière... rien qu'un monsieur tout barbouillé de savon qui gesticule, un rasoir à la main!

Il se précipite sur moi, en criant : « Au voleur!... »

SEPTIÈME TABLEAU

Malédiction!... Voilà un quart d'heure que je travaille dans le secrétaire du voisin, pendant qu'il se fait la barbe!

Elle me le paiera, la somnambule!

D'APRÈS NATURE !

Ce soir-là on jouait *Ruy Blas* au Théâtre-Français.

Tout le monde sait que sur la place du Théâtre-Français il y a un refuge planté d'arbres, orné de bancs, d'une fontaine Wallace et de deux kiosques d'utilité publique.

C'est joli, c'est frais, il y a beaucoup de monde.

Pendant que je flânais là, en attendant l'heure du spectacle, un inconnu arriva.

En un clin d'œil, l'inconnu fit une table avec des tréteaux, une planche et un tapis qui avait l'air d'être rouge.

Quelques badauds l'entourèrent ; j'en étais, il ne faut pas que cela vous étonne.

Alors l'homme commença :

« Quelqu'un aurait-il une pièce de cinq francs?... personne n'a une pièce... personne n'a... eh bien, j'en ai une, moi, la voici... et voici aussi un chapeau !

« Examinez bien la pièce... ne perdez pas de vue le chapeau.

« Vous voyez maintenant ce journal... c'est bien un journal, n'est-ce pas ?

« Voyez le journal, voyez la pièce, voyez le chapeau !

« Eh bien, je saisis la pièce et je la plie dans le journal... Écartez-vous, messieurs, écartez-vous, mesdames, faites un beau cercle, tout le monde verra.

« Qu'est-ce qu'on verra? On verra... la pièce est bien dans le journal?... personne ne dit le contraire?... on verra... la pièce passer sous le chapeau! »

Cependant la foule s'amassait, et très intrigué je me disais : « Il a beau être malin, je verrai bien comment il s'y prend! »

Pour rien au monde je n'aurais levé les yeux dans ce moment-là.

L'homme à la pièce reprit :

« Oui, sous le chapeau!... Rentrez un peu, mademoiselle, vous n'en verrez que mieux. Ah! on vous pousse... Ne poussez donc pas cette demoiselle!

« Oui, sous le chapeau!... la pièce est encore dans le journal... attention!... je lève le chapeau!

« Elle n'y est pas!

« Non, elle n'y est pas, et je ne veux pas vous amuser plus longtemps avec des bagatelles indignes de vous... Voici une montre, une chaîne et une alliance... cet article se vend partout quarante francs... mais ici, ce n'est pas quarante francs, c'est un franc! Un franc, dites-vous? Je comprends votre étonnement. Eh bien, non, ce n'est pas un franc, ni même quinze sous, ni même dix, ni même...»

. . . .

A ces mots, je tournai les talons, et, furieux, je m'éloignai de l'infâme camelot, en pensant que cet animal-là m'avait fait manquer le premier acte de *Ruy Blas!*

DUO TÉLÉPHONIQUE

A Donald Mac-Nab.

Monsieur Dupont, horloger, désire entretenir son ami Bernard, banquier, à propos d'une affaire de bourse.

Tous les deux entament par téléphone la conversation suivante :

Oui, Mademoiselle!

Allô! allô!

Voilà, voilà! ah! c'est vous, Dupont!

Plus haut s'il vous plaît!

C'est pour le souper, le fameux souper! ah! ah!

Avez-vous encore des Panama?

Non, je n'emmène pas Nana; qu'est-ce que vous voulez en faire?

Moi aussi, j'ai à vous proposer une affaire, vos Panama sont-ils vendus?

Je n'entends pas, parlez moins fort.

Allô! allô!

J'y suis, j'entends.

Vos Panama sont-ils vendus?

Combien voulez-vous de pendules?

Ah! ils ne sont pas vendus, eh bien, achetez-moi du Foncier 75.

Et de la Ville de Paris!

Tout ce que vous aurez de Ville de Paris.

Non, non, pas de moulins de Corbeil; ils sont trop bas.

Vous avez raison, c'est un four!

Si vous êtes engagé, alors c'est inutile!

Bien, c'est inutile!

Je n'entends pas.

Bien!

Ce n'est pas la peine de vous déranger.

Je n'entends pas. Parlez plus fort!

Allô! allô!

J'y suis, j'entends.

Non je n'ai pas besoin de pendules!

Mais non, je ne veux pas de pendules!

Du champagne Mercier 75, très bien!

Oui, à n'importe quel prix.

Dans des vieilles barriques? Je n'y suis pas. Ça ne se vend qu'en bouteilles.

Je parle trop bas! Mais non, je crie comme un sourd.

Comme un enragé!

C'est inutile.

Bien, c'est inutile!

La communication est dérangée?

Oui, Mademoiselle !	Non, Mademoiselle !
Allô ! allô !	Voilà.
Vous m'entendez?	Vous m'entendez?
Parlez moins fort.	Ni moi non plus !
Nous en reparlerons.	Parlez plus fort !
Attendez la baisse.	Oui, je préviendrai à la caisse.
Alors c'est entendu?	C'est entendu !

. . . .

N'est-ce pas que le téléphone est une merveilleuse invention?...

Vous connaissez la fille de la concierge d'à côté... la grande qui a un lorgnon? eh bien... elle a été retoquée!

Une aspirante de moins!

En voilà une pourtant qui était instruite, et qui savait parler aux locataires!

S'était-elle donné du mal pour apprendre!

Dans la loge il y avait des bouquins jusqu'au plafond, et des papiers, et des taches d'encre.

Enfin, que voulez-vous, quand on n'a pas de protections!...

Ils étaient trois pour l'examiner, pauvre petite.

Un vieux à lunettes qui riait chaque fois qu'elle ouvrait la bouche.

Un grand déplumé qui la regardait avec des yeux!...

Enfin un bon gros papa qui dormait tout le temps.

Ce n'est pas elle qui s'est laissé embrouiller, allez, elle avait réponse à tout.

On lui a d'abord posé un problème épatant :

Un père partage sa fortune entre ses trois fils.

Le 1er fait des économies et double sa part ; le 2e mange sa part, plus la moitié de celle du 1er et le quart de celle du 3e... on ne sait pas tout ce qu'il mange !... le 3e mange les économies du 1er, plus la moitié de la part du 2e et le quart de la moitié...

Enfin, quand tout est mangé et bien mangé, il faut dire ce qui reste.

Elle a trouvé tout de suite, oh ! elle est très forte en arithmétique.

S'il n'y avait eu que cela, mais on leur demande des choses... par exemple, les propriétés du chlore... comme si on pouvait connaître les propriétés de tout le monde !

Et le vitriol, dont on se sert pour... croyez-vous qu'à son âge elle ne sait pas cela ?

Elle n'a pas pu nommer non plus les sous-multiples du litre !

Moi, j'aurais répondu : la chopine, le demi-setier et le cintième...

Aussi, est-ce qu'on devrait faire des questions pareilles aux demoiselles ?

Le plus drôle de tout, ç'a été l'histoire.

Ah ! elle en a dit sur les Mérovingiens ! non, il n'est pas permis d'abîmer les gens comme cela.

Les trois vieux n'avaient pas l'air contents.

C'étaient sans doute de leurs amis.

Ensuite elle a récité des vers de Boileau à l'endroit et à l'envers ; on n'a pas idée d'une mémoire pareille !

Et la botanique, la métaphysique, l'anatomie, la politique, tout y a passé jusqu'à la morale indépendante et la déclaration des droits de l'homme... Leur en fait-on apprendre, mon Dieu, leur en fait-on apprendre !...

Eh bien, tout cela c'est à recommencer !

Et dire qu'on en reçoit tous les jours, des ignorantes, des protégées, des chipies !...

Enfin, heureusement qu'elle n'a pas besoin de ça pour vivre.

Elle va se marier samedi avec son cousin qui est marchand de vin aux halles... Un de ces jours j'irai lui faire payer une tournée !

III

SIMPLES CHANSONS

PROLOGUE EN VERS

POUR COMÉDIES DE SALON

A E. Grenet-Dancourt.

Au moment d'aborder la scène,
Tout débutant se sent ému;
Le cœur manque au plus résolu.
Sa voix tremble, il respire à peine,
Et redoute, non sans raison,
Les regards de son auditoire!
Eh bien, messieurs, voilà l'histoire
De nos artistes de salon!
Car, malgré leurs progrès rapides,
Les plus hardis sont bien timides.
Ils se cachent, car ils ont peur,
Et, tout en repassant leur rôle,
Cherchent à se donner du cœur.
Tandis que je prends la parole,
Surmontant mon émotion,
Jaloux d'avoir votre suffrage,
Je me suis chargé d'un message

Avec recommandation :
N'embrouillez pas nos petits drames ;
Souffleur, tâchez de bien souffler ;
Messieurs, daignez ne pas siffler ;
Ne nous lorgnez pas trop, mesdames !
Sur ce théâtre improvisé,
Nous faisons acte de prudence
En réclamant votre indulgence
Avant d'en avoir abusé !

SIMPLE CHANSON.
MacNab

SIMPLE CHANSON

du Capucin

A Mlle Reichemberg.

FANCHON met sa collerette,
Et Fanchette son bonnet
Cousu de fin cordonnet.
Elles iront à la fête,
A la fête, s'il fait beau.
Le capucin-baromètre,
Qui du beau temps est le maître,
Ne sait s'il doit leur promettre
Du soleil, ou bien de l'eau !

Bon moine, sors de ta cachette,
Chante Fanchette ;
Bon moine, ôte ton capuchon,
Chante Fanchon !

Or, ce grave personnage
Est un moine sans aveu,
Et rien que par un cheveu
Il tient à son ermitage.
Dans sa barbe blanche, il rit
Du souci des jouvencelles
Et de leurs transes cruelles,
En jurant bien que pour elles
Le soleil sera proscrit!

Bon moine, sors de ta cachette.
Chante Fanchette;
Bon moine, ôte ton capuchon,
Chante Fanchon!

Faut-il que toujours on laisse
Les agneaux avec les loups!
Ce capucin est jaloux,
Le plus jaloux qu'on connaisse.
C'est un artiste en larcins,
Qui surprit dans la toilette
De Fanchon et de Fanchette
De quoi damner l'âme honnête
De cent mille capucins!

Bon moine, sors de ta cachette,
Chante Fanchette;
Bon moine, ôte ton capuchon,
Chante Fanchon!

Mais déjà dans la vallée
On voit les gens s'approcher.
Et les cloches du clocher
Sonnent à toute volée.
C'est la fête de l'été :
La vielle et la cornemuse,
Qui veulent que l'on s'amuse,
Mêlent aux coups d'arquebuse
Leurs accents pleins de gaîté !

Bon moine, sors de ta cachette,
Chante Fanchette ;
Bon moine, ôte ton capuchon,
Chante Fanchon !

Moine entêté, sois plus tendre !
Il te coûterait si peu
De raccourcir ton cheveu !
Mais il ne veut rien entendre
Et reste dans sa maison.
Et voici qu'une tempête
Se déchaîne sur la fête.
Ah ! pleurez, Fanchon, Fanchette,
Et cessez votre chanson.

Bon moine, sors de ta cachette,
Chante Fanchette ;
Bon moine, ôte ton capuchon,
Chante Fanchon !

Vous dont la sollicitude
A charmé mon souvenir,
Ne pouvez-vous revenir
Égayer ma solitude
Et fêter le beau printemps?
Ne craignez pas que j'imite
Les procédés de l'ermite :
Dans la retraite où j'habite
Il fera toujours beau temps!

Bon moine, sors de ta cachette,
Chante Fanchette;
Bon moine, ôte ton capuchon,
Chante Fanchon!

LEGENDE DE NOEL

A Paul Lafage.

Mettez, mettez, petits enfants,
Vos souliers dans la cheminée.
Bonhomme Noël, tous les ans,
Dans la neige fait sa tournée.
Vous fûtes sages dans l'année,
Laborieux, obéissants :
Mettez, mettez, petits enfants,
Vos souliers dans la cheminée.

Je ferai semblant de dormir
Avant que ma bonne ne sorte!
Pour l'empêcher de revenir,
A clef je fermerai la porte!
Que Croquemitaine m'emporte,
Qu'il m'emporte pour me punir
Je ferai semblant de dormir
Avant que ma bonne ne sorte!

Entre les deux chenets, c'est là
Que je placerai ma chaussure;
Bonhomme Noël y mettra
Beaucoup de joujoux, j'en suis sûre,
Car il est très grand, je vous jure,
Mon joli soulier que voilà!
Entre les deux chenets, c'est là
Que je placerai ma chaussure.

Ainsi pensait Paulette, un soir,
Entre son chat et sa poupée,
Leur disant à peine bonsoir
Tant elle était préoccupée;
Elle accomplit son équipée
Et revint dans son lit s'asseoir.
Ainsi pensait Paulette, un soir,
Entre son chat et sa poupée.

Mais ils ne dorment pas la nuit,
Les petits matous blancs et roses,
Pressés par un besoin fortuit
De se rendre compte des choses!
Celui-ci trouvait portes closes,
Inquiet, il errait sans bruit,
Car ils ne dorment pas la nuit,
Les petits matous blancs et roses!

Minet allait faisant ronron
D'une façon désordonnée,
Grattant la cendre tout en rond
Au milieu de la cheminée;
Dans une pose inopinée,
Il s'arrêta... le fanfaron!
Minet allait faisant ronron
D'une façon désordonnée!

Le soulier était toujours là
Étalant sa blanche bouffette,
Blanche bouffette de gala;
Il devint une cassolette...
Le vilain chat fit sa toilette,
Gratta la cendre et s'en alla!...
Le soulier était toujours là
Étalant sa blanche bouffette.

Petite ou grande, on veut toujours,
A six ans, dans la cheminée,
Un baby paré de velours.
Mais l'enfant suit sa destinée
Et la poupée abandonnée
Fera place à d'autres amours!
Petite ou grande, on met toujours
Son soulier dans la cheminée!

LES GRILLONS

A Laurent Tailhade.

Je suis grillon ! et moi grillonne !
Près du pot-au-feu qui bouillonne,
C'est nous qui, nègre et négrillonne,
Faisons tant de charivari.
Cricri, cricri !

Nous ne craignons pas les diètes,
Et nous régalons des miettes
Qui, le soir, tombent des assiettes :
C'est notre souper favori.
Cricri, cricri !

Nous sommes aux premières places
Pour voir les merveilleuses chasses
Que font les matous perspicaces
Au peuple rat mal aguerri.
Cricri, cricri !

Parfois, aux plus prochains bocages
Nous faisons de lointains voyages,
Pour voir si, malgré les orages,
Les marjolaines ont fleuri.
Cricri, cricri!

Dans notre sieste accoutumée,
Il nous semble que la fumée
A le sourire d'une almée
Et les grâces d'une houri.
Cricri, cricri!

Toujours sans remords, sans envie,
Sans passion inassouvie,
Jamais au cours de notre vie
Notre ciel ne s'est assombri.
Cricri, cricri!

Mais nos âmes sont inquiètes :
Pourquoi tant de blanches paillettes,
En entendant nos ariettes,
D'en haut, nous ont-elles souri?
Cricri, cricri!

LA SONNETTE DES HYDROPATHES

A Émile Goudeau.

J'ai pris pour ma chansonnette
Des rimes par-ci par-là,
Et j'y chante la sonnette,
La sonnette que voilà.
        Le silence
            lence
            lence,
Grâce à son timbre strident,
        Se balance
            lance
            lance
A la main du président!

Comme nous elle s'enivre
De rimes et de chansons,
Comme nous elle veut vivre
Gaie en toutes les saisons.

Hydropathe
pathe
pathe
Hydropathe comme nous.
Elle épate
pate
pate
Avec ses tintements fous.

⁂

Si vous trouvez qu'elle tinte
Comme une folle le soir,
C'est qu'elle a pris son absinthe
En rôdant sur le comptoir.
En ribotte
botte
botte
Elle se met le matin,
Et jabote
bote
bote
Dans le vieux quartier latin!

⁂

Moi, je pense qu'elle est sage :
En faisant ce bruit d'enfer,
Elle sauve du naufrage
Les poètes à la mer.

O sonnette
nette
nette,
Sonnette qui tintes tant,
Sois honnête
nête
nête
Et ne perds pas ton battant!

A Georges Fragerolles.

Quand on me contait l'histoire
De mon ami l'oiseau bleu,
Vraiment j'essayais d'y croire,
D'y croire un tout petit peu.

Car sa légende soulève
Des horizons merveilleux
Qui font que lorsqu'on y rêve
Au réveil on est joyeux.

On me disait qu'à la brune
Il fuyait le paradis
Dans un blanc rayon de lune
Loin des anges interdits !

⁂

Il se coiffait d'une aigrette
D'émeraude et de rubis,
Et piquait une fleurette
Sur l'azur de ses habits !

⁂

Il avait des équipages
Traînés par des papillons,
De grands lézards verts pour pages.
Des souris pour postillons.

⁂

Il avait dans son cortège :
Petit-Poucet, Cendrillon,
Noël, éclatant de neige,
Les anges du réveillon !

⁂

La Belle au bois endormie,
Gracieuse et Percinet,
Urgelle, la fée amie
Au gigantesque bonnet.

A chaque instant, pour lui plaire,
Je m'efforçais de montrer
Une sagesse exemplaire,
Et me couchais sans pleurer,

✂

Croyant avoir de la sorte
Tous les joujoux que j'aimais!
Mais il frappait à ma porte
Toujours quand je m'endormais!

✂

. . . .

✂

Vous qui m'êtes apparue
Dans un rayon de soleil,
Et dont l'image est venue
Illuminer mon sommeil,

✂

Vous me rappelez l'histoire
De mon ami l'oiseau bleu:
Ah! dites-moi, dois-je y croire,
Y croire un tout petit peu?

A Rodolphe Salis,
Gentilhomme hostellier et grand fumeur de pipes

Elle n'est pas belle, ma pipe,
Mais j'en suis fou.
Son fourneau représente un type
De sapajou!

J'aime ce visage farouche
Qui bien souvent
Plonge son tuyau dans ma bouche,
Sur le divan.

Un jour, j'avais vingt ans à peine,
Je l'achetai,
Et puis, dans la même semaine
La culottai!

C'est dans ma modeste chambrette
Qu'on la fumait,
Et souvent ma tendre grisette
Me l'allumait!

Comme elle égaya ma jeunesse
Et mes amours,
Elle adoucit de ma vieillesse
Les tristes jours!

Nous faisons tous deux un ménage
De bon aloi,
Et coulons des jours sans nuage,
Ma pipe et moi!

Bien que le trépas sur ma vie
Ait pris ses droits,
J'aime à fumer ma vieille amie
Comme autrefois.

Mais quand j'aurai quitté la terre,
Bientôt, hélas!
Qu'elle repose dans ma bière,
Entre mes bras!...

UN MOMENT?

Enfant, quittons le logement
(Avez-vous un moment?)
Où notre amitié prit naissance :
Nous irons faire connaissance
Avec un séjour où je pense
Vous aimer merveilleusement!
(Avez-vous un moment?)

Là nous entendrons seulement
(Avez-vous un moment?)
Le bruit de la feuille agitée,
Et sur la lande inhabitée
Nous passerons mainte nuitée
Dans un parfait isolement.
(Avez-vous un moment?)

Nous nous étendrons mollement
(Avez-vous un moment?)
Sous le hêtre ou bien sous le tremble
En rêvant, et même il me semble
Que nous pourrons compter ensemble
Les étoiles du firmament!
(Avez-vous un moment?)

Nous nous ferons un règlement,
(Avez-vous un moment?)
Le plus simple et le plus austère;
Fait de silence et de mystère
Ainsi sera le monastère
Où nous vivrons dévotement.
(Avez-vous un moment?)

L'amour, enfin, ce garnement,
(Avez-vous un moment?)
Accompagnera notre route;
La pudeur fera banqueroute,
Et c'est dans ce lieu-là, sans doute,
Qu'elle écrira son testament!
(Avez-vous un moment?)

A Eugène Mesplès.

C'était un homme long, déhanché, sec et blême,
Vêtu d'un habit vieux autant que l'univers ;
Sa vie était un mythe et sa bourse un probléme :
Chacun le croyait fou, car il chantait des vers !

Or, cet homme, songeant à des jours plus prospéres,
S'en allait à pas lents sur le pont des Saints-Pères :
(Ce pont que fait trembler le poids des omnibus
Ainsi qu'un régiment sous le choc des obus!...)

Il regardait la Seine, infâme pourvoyeuse
De la mort! cette Seine à la chanson joyeuse,
Plus perfide que les sirènes de jadis,
Dont le murmure lent n'est qu'un *De profundis!*

. . . .

Je ne connaissais pas ce malheureux bohême,
Et, pourtant, j'ai pleuré, quand j'ai su le soir même
Qu'on avait retrouvé son cadavre à Puteaux.
« *Homo sum, et nihil humani a me alienum puto!* »

TABLE

POÈMES MOBILES

MONOLOGUES EN PROSE

SIMPLES CHANSONS

Paris.— Typ. Paul Schmidt, 5, rue Perronet.

www.ingramcontent.com/pod-product-compliance
Ingram Content Group UK Ltd.
Pitfield, Milton Keynes, MK11 3LW, UK
UKHW031902260826
14628UKWH00002B/936